Das Erwachen des letzten Menschen

von
Nikodem Skrobisz
alias
Leveret Pale

DAS BUCH

»Das Erwachen des letzten Menschen« handelt von einem Mann, der in einer utopischen Zukunftswelt lebt, in der alle Menschen dank modernster Technologie im Luxus schwelgen können. Eines Tages wird er von einer Depression heimgesucht und beginnt ein Tagebuch zu führen, um seine Gedanken festzuhalten. Erschrocken realisiert er, dass sein bisher hedonistisches Leben eigentlich keinen Sinn hat und keinen höheren Zweck dient. Vor allem durch die Angst vor der Bedeutungslosigkeit angetrieben, macht er sich auf die Suche nach dem Sinn des Lebens.

DER AUTOR

Nikodem Skrobisz (*26.02.1999) ist ein deutscher Schriftsteller, der als sein Alter Ego Leveret Pale vor allem phantastische und surreale Geschichten schreibt. Er ist der Autor mehrerer Romane und Anthologien sowie einiger Essays, Sachbücher über Ethnobotanik und zahlreicher Kurzgeschichten. Er beschäftigt sich neben dem Schreiben sehr intensiv mit Pharmakologie, Philosophie und Psychologie, was sich in seinen Werken oft widerspiegelt.
Seit Oktober 2017 ist er Vorstandsmitglied des Bundesverbands junger Autorinnen und Autoren e.V..
Mehr Informationen: https://leveret-pale.de
Instagram: @leveret_pale

Das Erwachen des letzten Menschen

Bibliografische Information der Deutschen Nationalbibliothek:
Die Deutsche Nationalbibliothek verzeichnet diese Publikation in
der Deutschen Nationalbibliografie; detaillierte bibliografische
Daten sind im Internet über http://dnb.dnb.de abrufbar.

Text: © 2016 Leveret Pale (Nikodem Skrobisz)
https://leveret-pale.de | autor@leveret-pale.de

Leveret Pale
c/o AutorenServices.de
König-Konrad-Str. 22
36039 Fulda

Herstellung und Verlag: BoD – Books on Demand, Norderstedt

ISBN: 978-3-7412-9845-5

*Das Leben verlieren ist keine große Sache;
aber zusehen, wie der Sinn des Lebens aufgelöst wird,
das ist unerträglich.*
Albert Camus

Inhalt

Die Würfel sind gefallen.

Es ist, als hätte die gesamte Menschheitsgeschichte, alle Kriege und Werke, Kämpfe und Eroberungen, nur mit dem Ziel existiert, um diesen Punkt zu erreichen. Als hätten unsere Vorfahren sich nur vermehrt und gelebt, damit ihr Stammbaum in dieser letzten Generation entweder aufblüht oder abstirbt. Es ist ein Spiel gewesen, bei dem die Gewinner alles kriegen und die Verlierer nichts als einen sanften Tod. Die Würfel sind gefallen, die Gesellschaft ist endgültig gespalten, und der untere, der abgeschnittene Teil, wird schleichend entsorgt. Oben, in den künstlichen Paradiesen, der Skyline der Welt, herrschen die Übermenschen, durch Gentechnik und Informationstechnologie unsterblich und perfekt, Götter, thronend auf ihrem eigenen Olymp aus Glas, Silizium und Stahlbeton. Armeen aus Robotern, Androiden und Drohnen dienen ihnen als Sklaven, sodass sie sich vollständig dem Vergnügen, der Forschung und den Künsten widmen können, ganz wie es ihnen beliebt. Ihre Vorfahren haben richtig gehandelt, sodass sie nun alles besitzen und oben sind.

Und unten sind wir, die letzten Menschen, die in den dunklen Gassen im Schatten der zyklopischen Bauten vor sich hin modern. Unsere Vorfahren standen an der falschen Stelle in der Hierarchie der Welt, als die Würfel fielen.

Hier unten gibt es nichts, keine Pflanze sprießt aus dem Beton, wir leben von Rationen und Narkotika, werden bedient, ruhiggestellt und bewacht von Sexsklavenrobotern. Wir kennen Jobs und Eigentum nur aus den Erzählungen unserer Großeltern; das einzige Aufregende in unseren Leben sind die Abenteuer in den Virtuellen Realitäten. Wir vegetieren, niemand braucht uns, wir können nichts verändern, wir haben keine Verantwortung, wir sind die Kakerlaken, die im Keller der Welt rumkriechen und sich an den Speisen dort bis zur Bewegungsunfähigkeit fettfressen, während aus allen Fugen Insektizide dringen. Wir werden von Jahr zu Jahr weniger, sterben langsam aus, seitdem das Programm vor fünfzehn Jahren die Zwangssterilisierung aller verbliebenen Homo sapiens angeordnet hat. Die Menschheit und die Menschlichkeit werden aussterben, die Götter, die wir oder genauer unsere Vorfahren hervorgebracht haben, werden das Universum regieren und es nach ihrem Willen gestalten. Eines Tages werden sie vergessen, dass es uns gab, und werden glauben, von Anfang an dagewesen zu sein und das Universum erschaffen zu haben.

Das ist absurd.

Ich habe mir noch einmal durchgelesen, was ich gestern geschrieben habe. Was dachte ich mir eigentlich dabei? Wann habe ich das überhaupt geschrieben? Es klingt so fremd und abstrakt. Meine Erinnerungen daran sind undeutlich, wie verrührt. Dieses Pathos ist für mich ungewöhnlich, es klingt, als würde ich in einem Elend vor mich hinvegetieren, dabei fehlt mir in Wirklichkeit nichts, zumindest physisch. Die ganzen Umstände sind bizarr.

Ich habe sinnloserweise in dieses kostbare Notizbuch hineingeschrieben. Es ist eins dieser aus Papier, die nicht mehr hergestellt werden. Und ich schreibe hiermit schon wieder hinein! Auch wenn es jetzt natürlich keinen Unterschied mehr macht. Ich tue es mit einem sogenannten Kugelschreiber, ebenfalls eine Rarität, die vom Aussehen an die Touchpens erinnert. Er hinterlässt eine Spur aus Tinte, eine schwarze Flüssigkeit, auf dem Gewebe. Es ist faszinierend.

Es ist sogar so faszinierend, dass ich nicht damit aufhören will, auch wenn ich eigentlich nichts zum Niederschreiben habe.

Ich glaube, ich habe mir diese Utensilien vor zehn Jahren in einem Spezialgeschäft von dem wenigen Geld gekauft, das ich damals noch von meinem Erbe übrig hatte. Mittlerweile habe ich gar kein Geld mehr, aber es gibt heutzutage sowieso nirgendwo Geld und Geschäfte.

Das Programm hat ja vor acht Jahren die endgültige Sozialisierung unserer Gesellschaft verkündet – was auch immer das sein soll. Geld und Privateigentum sind so gut wie verschwunden, sogar meine Wohnung und mein Essen gehören dem Staat - oder dem Programm, ist ja dasselbe.

Warum ich mir diese teuren Utensilien gekauft habe? Das war, nachdem ich dieses eine Buch gelesen habe, *1984* hieß es, oder so. Ich habe es, um ehrlich zu sein, nicht verstanden, nicht wirklich. Es ist zu abstrakt, aber mir gefiel die Idee eines Tagebuches, wie es der Hauptcharakter darin führt. Vielleicht mochte ich diesen rebellischen Hauch, der von der Idee ausging. Ich war aber all die Jahre zu träge, um mit dem Tagebuchführen anzufangen. Es gab ja auch nichts zu berichten, bis mich plötzlich gestern, und heute wieder, dieser sonderbare Schreibdrang ergriff.

Es fühlt sich merkwürdig an, das Schreiben auf Papier, befreiend und ungewohnt. Irgendwie verspüre ich Angst, dass ich diesen Text verlieren könnte – er ist nur auf diesem dünnen Gewebe gespeichert, nicht im Netz. Und gleichzeitig bin ich irgendwie froh, dass das hier nicht digital abgespeichert und vom Programm analysiert wird. Ich bin froh, wie dieser heldenhafte Charakter in dem Roman, dass ich ein persönliches Geheimnis habe, auch wenn es total sinnlos ist. Die Sache ist verrückt. Und wenn ich darüber nachdenke, wird es noch schräger. Vor hundert Jahren noch, das weiß ich aus Büchern, haben viele Menschen täglich mit solchen Instrumenten Informationen festgehalten, und davor Jahrhunderte lang. Es gab damals keine Alternativen, keine Bildschirme oder Tastaturen. Was für eine merkwürdige Welt das gewesen sein muss. Oder ist unsere Welt merkwürdig? Vielleicht sind wir diese Merkwürdigkeit gewohnt, weil wir in ihr aufgewachsen sind, und erkennen sie nicht mehr als das, was sie ist?

Haben sogar wir, die Nichtgenetischmodifizierten, die Nichtgötter, die Bürger Klasse B, uns so sehr von unserer ursprünglichen Natur entfremdet? Was bedeutet es eigentlich noch ein Mensch zu sein? In den alten Büchern, die ich mir aus den Archiven der Internationalbibliothek heruntergeladen habe, scheint das Menschsein so… anders, bunter, manchmal tragischer und finster zu sein. Auf jeden Fall interessanter. Selbst depressives Schwarz scheint mir eine lebendigere Farbe zu sein, als das Grau, in dem ich glaube zu leben.

Lebe ich überhaupt? Ich existiere, ich esse, ich habe Sex mit einer Maschine, ich erlebe Abenteuer in den Virtuellen Realitäten. Alle meine Bedürfnisse werden erfüllt, aber irgendetwas fehlt. Etwas Wahres, etwas Ursprüngliches, aber ich kann es nicht ausmachen. Ich habe das Gefühl verzweifelt mit dem Fingernagel an einer Betonwand zu kratzen, hinter der die Antwort auf alles liegt. Oder? Vielleicht täusche ich mich und es gibt nichts hinter der Wand.

Vielleicht denke ich zu viel nach. Ich sollte mehr Sex haben, vielleicht bin ich dann ausgeglichener.

Gina, so heißt mein persönlicher Gynoid[1], hat mir erst heute Morgen statistisch dargelegt, dass ich sie in den letzten Monaten immer weniger und seit zwei Wochen gar nicht mehr benutzt habe. Laut meinen Blutwerten habe ich einen niedrigen Serotoninspiegel. Sie hat meine Diät auf eine tryptophanreichere angepasst. Zusätzlich hat sie mir Antidepressiva oder alternativ dazu, eine Dosis RLP-Mitragynin empfohlen, damit es mir besser geht und ich wieder Lust bekomme. Ich habe abgelehnt. Ich weiß aber nicht wirklich warum. Ich fühle mich schlecht, verzweifelt, aber ich will mich nicht aus diesem Zustand befreien, zumindest nicht so. Es ist, als würde sich das Wahre oder das Fehlende, welches ich suche, langsam vor mir auftun, je länger ich leide und nachdenke. Wenn ich mich nicht dem Leiden hingebe, sondern einfach weiterleben und mich betäuben würde, dann würde ich den Weg zu diesem Wahren wieder verlieren.

Wenn ich lang genug kratze, so fühlt es sich an, könnte ich die Betonwand wegtragen, auch wenn meine Finger dabei anfangen zu bluten. Es ist kompliziert. Ich werde verrückt, schizophren, aber nein, dann hätte man mich längst deportiert und geheilt. Nein, das ist es nicht. Ich bin nicht krank und ich fühle mich nicht krank, schon gar nicht psychotisch, im Gegenteil, ich fühle mich

---

[1] Gynoid = weiblicher Android; Android = Roboter, der wie ein Mensch aussieht

äußerst gesund und klar. Ich muss darüber nachdenken. Ich glaube, ich gehe draußen spazieren, nicht in einer VR. Ich war seit Monaten nicht mehr physisch außerhalb meiner Wohnung.

Am Abend

Ich hatte vergessen, wie es draußen ist, oder es erst heute wahrgenommen.

Anfangs war ich verunsichert. Ich schelte mich einen Idioten. Ich hätte in meiner gemütlichen Wohnung bleiben, etwas Spaß mit Gina haben und dann ein paar Stunden in der VR Maschine verbringen können. Entspannt wäre ich durch die Dungeons von Dark Cycle gewandert oder wäre online mit meinen Cousins auf einem virtuellen See segeln gegangen - und hätte alles wieder vergessen, mich betäubt.

Nein, ich musste raus, die Realität endlich wahrnehmen, den Boden unter den Füßen nach all der Zeit wieder spüren, ansonsten, so scheint es mir, wäre mein Kopf explodiert – auch wenn das eine unsinnige Vorstellung sein mag.

Ich verließ die Wohnung und trat auf die Straße. Es war absolut still, abgesehen von dem Piepen und Zurren der Roboter, die die Wände und Böden entlangkrabbelten und durch die Luft sausten. In dunklen Strömen schlängelten sich ihre Schwärme zwischen den schillernden Glasfassaden der Wolkenkratzer. Die Straßen waren, abgesehen davon, wie ausgestorben. Gelegentlich raste ein vereinzeltes Fahrzeug vorbei. Aus größerer Entfernung sah ich einmal eine kleine Gruppe Menschen zusammen spazieren, aber ich verlor sie aus den Augen, während ich durch die glänzende Welt aus weißem Beton, Kunststoff und Glas wanderte.

Obwohl ich nicht mehr in meiner Wohnung war, fühlte ich mich nicht wirklich so, als wäre ich draußen. Ich fühlte mich freier, die Luft war frischer, gewiss. Aber trotzdem war ich irgendwie von der Welt losgelöst, abgeschnitten von ihr wie durch eine unsichtbare Mauer.

Alle zwanzig Meter stand ein künstlicher »Baum«, der den Weg beleuchtete. Laut den Informationseinblendungen vom Programm durch mein Glass-Augenimplantat filtern diese Geräte die Schadstoffe aus der Luft und wandeln Kohlenstoffdioxid in Sauerstoff um. Ulkige Installationen. Die gab es das letzte Mal, als ich draußen gewesen war, noch nicht. Zumindest kann ich mich nicht daran erinnern. Das Programm arbeitet unermüdlich an der Perfektionierung unserer Welt, nein, korrigiere: Der Welt. Sie gehört ja nicht mehr uns, sondern gehören wir eher ihr oder es. Alles gehört dem Programm, der allwissenden KI, die vor fünfzig Jahren von den Vereinten Nationen installiert wurde und kurz darauf dieselben abgeschafft hat.

Seitdem beherrscht ein von Bürgern der Klasse A kontrollierter Algorithmus die Erde und unsere die Kolonien auf Mond, Mars und den Jupitermonden. Die Welt gehört den Göttern und ihrem Programm, das vor 15 Jahren beschloss, dass *Homo sapiens*, also Wesen wie ich, sich nicht mehr vermehren dürfen.

Nicht, dass wir das noch im großen Stil getan hätten. Meine Generation vergnügt sich am liebsten in der VR Maschine oder mit Androiden und Gynoiden.

Sex mit einem anderen Menschen erscheint mir auch ekelhaft. Wenn ich allein daran denke, was da an Krankheitserregern und Körpersäften ausgetauscht wird, schüttelt es mich. Und man müsste sich dafür auch erst einmal treffen. Wann? Wo? Wen? Ich kenne ja niemanden persönlich. Deshalb habe ich es nie gemacht und mich mit den vom Programm bereitgestellten Gynoiden begnügt. (Ob es so ist wie das ursprüngliche?)

Die Generation meiner Eltern hingegen hatte noch keine kostenlosen Gynoiden, weswegen… Ich will eigentlich gar nicht so genau darüber nachdenken, aber jedenfalls haben meine Eltern mich gezeugt… wofür eigentlich? Keine Ahnung, ich habe seit Jahren nichts mehr von Mutter gehört und Vater hat Suizid begangen, da war ich noch ein Teenager. Ich wurde in diese Welt geboren, in der es für meinesgleichen keine Verwendung und keine Zukunft gibt. Das hat auch das Programm festgestellt. Wir werden verköstigt, mit Sex, mit Drogen, mit Spaß und allem, schließlich sind wir Menschen. Aber eigentlich sind wir nicht viel anders, als ein altersschwacher Mann, dem ein Medizinandroide zum Abschied eine palliative Mischung injiziert, damit er mit einem Lächeln auf seinen brüchigen Lippen möglichst schnell in den Tod sinkt und eine halbe Stunde später ohne großes Aufheben im Krematorium entsorgt werden kann.

Den Kopf mit solchen Gedanken schwanger, trottete ich durch die Straßen. Meine Gedanken schwankten von einer Überlegung zur nächsten und ich rief mir Dinge ins Gedächtnis, die ich in Büchern gelesen oder in der VR Maschine erlebt hatte. Ich versuchte daraus zu konstruieren, was mir fehlen könnte, etwas, was es früher gab und nun nicht mehr. Zuerst fiel mir der Himmel ein. Ich kannte ihn zwar aus den VRs, aber ich hatte ihn nie in der Wirklichkeit gesehen. Ich reckte den Kopf und blinzelte nach oben, aber dort sah ich nichts als die Signallichter und Konturen der Unterseite der Oberen Stadt. War es wirklich das, was mir fehlte? Der Himmel? Irgendein Gefühl sagte mir, dass es nicht das sein konnte. Der Himmel war viel zu trivial, als dass seine Abwesenheit mich derart beeinflussen könnte. Aber dann kam mir ein anderer Gedanke: Was, wenn mir nicht nur eine Sache fehlte, sondern mein Gefühl des Fehlens und das Verlangen nach etwas Wahrem die Resultate einer ganzen Matrix aus fehlenden Trivialitäten waren? Eine Entfremdung von der Welt durch viele kleine Details und Veränderungen? Vielleicht unterschätzte ich den Mangel an Himmel und den Mangel an Bewegung.

Ich entschied, der Theorie eine Chance zu geben und den echten Himmel aufzusuchen. Dazu musste ich in die Obere Stadt, dorthin wo die Klasse A Bürger, die Übermenschen, leben. Ich fragte das Programm über meine Implantate nach dem Weg nach oben und bekam eine klare Antwort.

Mit der süßen Stimme Ginas trug mir das Programm die Informationen aus dem Netz vor:

»Bürgern der Klasse B ist der Zutritt zu den oberen Levels prinzipiell seit der Verordnung des Paragraphen 1743a§§ aus dem Jahr 2134 nicht mehr gestattet. Für eine Sondergenehmigung wird eine persönliche Einladung durch einen Bürger der Klasse A der Spezies *Deus novus* oder ein triftiger Grund benötigt. Wollen Sie einen Antrag für eine Sondergenehmigung stellen?«

Ich zögerte. Mein Herz schlug plötzlich schneller und ich fühlte mich unwohl in meiner Haut, aber dann zwang ich mich zuzustimmen und krächzte ein »Ja«.

»Edgar Kodmani, Bürger der Klasse B, *Homo sapiens*, ohne genetische Modifizierung, lediglich mit den Standardimplantaten im Zentralnervensystem, Iris und linken Unterarm ausgestattet, alleinwohnend, ohne Beziehung. Sind das Sie?«

»Ja«, antwortete ich nervös. Warum fragte das Programm? Die Implantate konnten doch jederzeit anhand meiner DNA meine Identität feststellen.

»Haben Sie Verwandte bis zum dritten Grad oder Freunde, die Bürger der Klasse A sind?«

»Nein.«

»Haben Sie Verwandte oder Freunde, die in den vergangenen fünf Jahren zur Rehabilitation deportiert wurden?«

»Nein.«

»Aus welchen Gründen möchten Sie Zugang zu höheren Cityleveln?«

Ich zögerte. Mir war unwohl zumute. Ich fühlte mich, als würde ich ein Verbrechen begehen. Ein Gedankenverbrechen, wie es in dem Buch von damals geheißen hatte. Wie konnte ich wegen solcher lächerlichen Gründe verlangen in die Obere Stadt gelassen zu werden?

»Aus welchen Gründen möchten Sie Zugang zu höheren Cityleveln? Bereitet Ihnen diese Frage Unwohlsein? Ich verzeichne einen Anstieg an Stresshormonen in ihrem Blut. Wollen Sie ein Beruhigungsmittel?«

»Nein«, antwortete ich energisch und gab mir einen Ruck »Ich möchte in die Obere Stadt als Tourist. Ich würde sie gerne besichtigen und den Himmel sehen, einmal möchte ich in meinem Leben den echten Himmel sehen.«

Für einen Moment schien es mir, als würde das Programm die Luft anhalten und irgendwo aus den kleinen Mikrochips in meinem Körper ein Surren dringen. Dann hörte ich ein Klicken und Ginas Stimme sagte: »Registriert. Wollen Sie etwas hinzufügen zu ihrem Antrag?«

»Nein, das wäre es«, antwortete ich.

»Der Antrag wurde abgelehnt.«

»Oh.«

»Wenn Sie den Himmel sehen wollen, empfehle ich Ihnen das VR-Programm *Astronautics*. Eine realistische

Simulation der Oberfläche der prähistorischen Erde, des Mars, des Erdmondes und des Jupitermondes Europa. Inklusive eines Historymode, in dem Sie in den Charakter von Neil Armstrong schlüpfen und 1969 als erster Mensch den Erdmond betreten können.«

»Nein, danke, ich würde lieber etwas Reales erleben.« Und bevor das Programm noch etwas sagen konnte, befahl ich: »Offlinemode aktivieren.«

»Verstanden.« Mit einem Piepen schalteten meine Implantate in den Offlinemodus. Ich war zum ersten Mal seit Monaten offline. Es irritierte mich. Die sonst stets präsenten Anzeigen über meinen gesundheitlichen Zustand und meinen Aufenthaltsort verschwanden aus meinem Sichtfeld. Aber ich hatte das Gefühl, dass die Einblendungen mich nur dabei stören würden nachzudenken.

Ich spazierte herum und dachte nach. Ich kam zu dem Schluss, dass, auch wenn ich es nicht überprüfen konnte, der Mangel an Trivialitäten nicht die Ursache meiner Probleme ist. Meine Intuition sagt mir, dass das Fehlende viel größer ist, als die Summe vieler kleiner Teile es jemals sein könnte.

Ich war ratlos, wie ich weiter vorgehen sollte und entschloss mich letztendlich umzukehren. Ich fühlte mich niedergeschlagen und müde, wirklich müde. Meine Beine taten weh von der ungewohnten Belastung. Irgendwie war es ein angenehmer Schmerz, ein wohlverdienter Schmerz. Mehr wie eine Belohnung, als eine Bestrafung.

Obwohl der Tag objektiv ein Misserfolg war und ich genauso verloren und weglos dastehe, wie heute Morgen, habe ich das Gefühl, als würde ich mich in die richtige Richtung bewegen, weiter den Abgrund hinab und damit der Wahrheit entgegen. Ich werde morgen weiter darüber nachdenken. Jetzt bin ich zu müde. Ich werde versuchen ohne die Hilfe einer (oder mehrerer) Pille(n) Dihyd einzuschlafen. Das ist mir schon seit Jahren nicht mehr gelungen, aber irgendwie habe ich das Gefühl, heute keine chemische Hilfe zu brauchen.

Ich habe es. Ich weiß, was ich suche, was mir fehlt, dieses sonderbare *Wahre*! Ich würde jubeln, müsste ich nicht weinen.

Es ist mir beim Frühstück eingefallen. Ich stand auf, wunderbar ausgeschlafen, wie seit Monaten nicht mehr und das ohne Schlafmittel. Ich fühlte mich ungewohnt geistig klar. Kaum, dass mir Gina den Frühstückbrei serviert hatte, traf mich die Erkenntnis wie ein Schlag. Es ist so offensichtlich und ich wundere mich noch immer, dass es mir nicht davor eingefallen ist. Es muss mir auf der Zunge gelegen haben, denn, wenn ich jetzt meinen ersten Eintrag noch einmal lese, finde ich überall Indizien darauf: Was mir fehlt, sind ein Sinn und ein Zweck für meine Existenz!

Kaum hatte ich diese Erkenntnis und den Brei heruntergeschlungen, setzte ich mich auf einen Sitzsack und wollte mit dem Nachdenken über diese neue Erkenntnis beginnen: Woher sollte ich einen Sinn bekommen, wo konnte ich ihn finden und warum hatte ich keinen? Weiter als zu diesen Anfangsfragen, kam ich nicht. Das Denken fiel mir zu schwer. Ich bin nicht geübt darin, längere Zeit die Konzentration aufrechtzuerhalten und einem Gedanken zu folgen, schon gar nicht ohne die Hilfe eines informationsspeichernden Mediums wie diesem Notizbuch oder eines Tablets. Zusätzlich fragte mich Gina mehrmals, ob sie etwas für mich tun könne, ob ich Sex oder Medikamente haben wollte.

Ich verneinte und befahl ihr, in ihren Schrank und für die nächsten Stunden offline zu gehen.

Sobald sie weg war, fühlte ich mich gleich freier.

Ich stand auf und ging zum Versorgungsspender. Ich nahm mir ein Glas Wasser, etwas 4G-Adderall, um besser denken zu können, und noch eine kleine Portion Speisebrei. Ich ließ mich erneut auf dem Sitzsack nieder, schlug die Beine übereinander, schluckte die Pille und während ich im Brei rumstocherte, begann ich ernsthaft nachzudenken. Nach kurzer Zeit machte sich die Wirkung der Amphetamine auf meinen Geist bemerkbar. Ich hatte zuvor das Präparat nur wegen der stimmungssteigernden Effekte genommen, oder um länger in VR Spielen mitmachen zu können, aber jetzt bemerkte ich auch die leistungssteigernde Wirkung, wie sie von den letzten Schriftstellern im ausgehenden 21. Jahrhunderts zelebriert wurde. Meine Gedanken nahmen Struktur an und rasselten in einer berauschenden Geschwindigkeit durch meinen Verstand, verformten sich, zerlegten sich und erschufen sich neu. Was ist überhaupt »Sinn«?

Ich dachte zurück an meine Schulzeit. Ich war in einem der letzten Jahrgänge gewesen, die noch auf eine öffentliche Schule gingen, bevor die Schulpflicht abgeschafft worden war. Ich hatte in diesen Jahren viel geschwänzt und mich herumgetrieben, genauso wie meine Mitschüler und Lehrer, aber ich weiß, dass vor allem Definitionen uns ohne Ende eingetrichtert worden waren. Vor allem zu den vielen postmodernen und neuzeitlichen Strömungen. Aber eine Definition von »Sinn«? Daran konnte ich mich nicht erinnern.

Aber ich wusste doch, dass mir der Sinn fehlte, also musste ich wissen, was »Sinn« bedeutet, oder? Ich stutzte. Meine geistigen Zahnräder klemmten. Sinn. Was war überhaupt ein oder der Sinn? Sinn, das war Bedeutung. Er gab dem Leben eine höhere Bedeutung, aber wie sah so etwas aus? Unwillkürlich tippte ich auf die Steuerkonsole in meinem Unterarm. Mit einem Surren fuhren meine Implantate hoch, meine Herzfrequenz und GPS-Position erschienen im unteren Rand meines Sichtfelds.

»Programm, was ist Sinn?«

»Das Wort *Sinn* hat mehrere Bedeutungen.

Erstens: Mit Sinn bezeichnet man im Kontext der Sinnesorgane und der Wahrnehmung, die Fähigkeit zur Wahrnehmung und Empfindung bestimmter Reize.

Zweitens: Wenn ein Subjekt ein Verständnis oder besonderes Gespür für etwas hat, sagt man, er/sie/es hat Sinn dafür.

Drittens: Sinn kann im Kontext des Denkens verwendet werden z.B.: Ein Subjekt hat etwas im Sinne.

Viertens: Ein Sinn ist das Ziel und die Bedeutung oder der innere Wert und/oder Zweck eines Subjekts oder Objekts«, trug mir Ginas Stimme vor.

»Danke«, sagte ich und dachte nach. Das, was ich suchte, war die vierte Definition von Sinn. Der Zweck meiner Existenz. »Programm. Was ist der Zweck oder der Sinn meiner Existenz?«

»Der Sinn des menschlichen Lebens ist Glück. Alle Menschen streben nach Glück. Dieser Sinn beziehungsweise dieses Ziel wird dank der Technologie und des Programms für alle Menschen erfüllt. Kein Mensch muss heutzutage ein unglückliches und damit sinnloses Leben führen.«

»Aber ich bin nicht glücklich«, sagte ich.

»Sie haben das Angebot an Antidepressiva nicht in Anspruch genommen«, stellte Ginas Stimme fest. Ich musste schlucken.

»Nein, ich habe abgelehnt.«

»Wie können Sie dann erwarten glücklich zu sein und damit einen Sinn zu empfinden, wenn Sie die technologische Errungenschaft der Psychopharmaka nicht benutzen? Vertrauen Sie dem Programm nicht?«

»Doch, das tue ich«, sagte ich. Meine Hand zitterte. Hastig fügte ich hinzu »Vielen Dank. Implantate offline schalten.«

Es gab ein Piepen, dann surrte es und die Anzeigen in meinem Sichtfeld erloschen. Mir schwindelte es.

Konnte es wahr sein? War der Sinn des Lebens Glück? Entzog ich mich selber dem Glück und dem Sinn, durch mein Nachdenken und Hinterfragen? War ich selber schuld, weil ich den Segen des Programms ablehnte? Hatte ich das Gefühl der Sinnlosigkeit künstlich erschaffen? Aber warum sollte ich das tun? Nein, das ergab wortwörtlich keinen Sinn. Das Programm musste mich belügen. Konnte es das überhaupt? Es wirkte zuerst widersprüchlich, doch je mehr ich darüber nachdachte, desto logischer erschien es mir.

Das Programm wollte aus irgendeinem Grund nicht, dass ich mich mit dem Sinn meines Lebens auseinandersetzte. Welchen Vorteil konnte es daraus ziehen? Oder, was viel erschreckender wäre, tat es das möglicherweise aus humanitären Gründen?

Wusste das Programm die Antwort, hielt sie aber bewusst zurück, weil sie schädlich für mich sein könnte? Das erschien mir logisch, schließlich bereitete mir allein meine Suche nach dem Sinn psychische Schmerzen und hinderte mich daran glücklich zu sein. Aber alles Glück der Welt ist doch nichts wert, wenn es auf Kosten der Wahrheit und des Sinns, existiert. Ich bin lieber unglücklich, solange ich dadurch dem Sinn näher komme. Es ist nichts als eine Intuition, die ich nicht erklären kann, aber die sich richtig anfühlt. Dieses irrationale Streben nach Wahrheit und Sinn, trotz des Schmerzes, fühlt sich zutiefst menschlich und natürlich an. Menschlich und natürlich, das sind Attribute, die dieser Welt, den Übermenschen und dem Programm fehlen.

Das Programm belügt mich möglicherweise gar nicht. Vielleicht kann es nicht verstehen, wieviel der Sinn für mich bedeutet. Anderseits: Kann ich mir wirklich anmaßen, dem Programm einen Fehler vorzuwerfen? Ich habe nur ein einziges, mit Amphetaminsalzen übertaktetes Gehirn. Dem Programm stehen Myriaden an Servern, Quantencomputern und unendliche Mengen an Daten zur Verfügung. Ich bin ein Staubkorn in der Wüste der bedeutungslosen Menschen und über mir thront der Berg des Programms. Was kann ich eigentlich von der Welt schon wissen? Ich bin beschränkt auf meine kleine Weltsicht, auf meinen Körper und seine Wahrnehmung, auf das wenige Wissen, welches ich speichern kann. Meine Welt besteht aus meiner Wohnung und den Illusionen der VRs.

Alles in mir zog sich zusammen. Ich fror. Ich realisierte, wie winzig und bedeutungslos ich bin. Es macht keinen Unterschied, ob ich nach dem Sinn suche oder in einer VR sitze. Niemand interessiert sich dafür, nur das Programm, aber das tut es nur, weil es dafür programmiert wurde. Ich habe keinen Einfluss auf die Welt, ich verändere nichts, ich bin fast so leblos wie ein Stein und genauso bedeutungslos.

Das Programm hat erkannt, dass mein Leben sinnlos ist, daher belügt es mich, um mich zu trösten. Aber diese Lügen funktionieren nicht mehr. Ich habe mich durch die Betonwand hindurchgekratzt. Meine Hände sind blutige Stümpfe und ich starre in das sinnlose Nichts.

Ich begann zu weinen. Ich tue es schon wieder. Ich habe es den ganzen Vormittag gemacht und ich werde es auch den ganzen Nachmittag lang machen.

Warum? Warum quäle ich mich so sehr? Warum kann ich nicht einfach glücklich sein? Nein, falsch. Ich will gar nicht glücklich sein. Es gibt keinen Grund glücklich zu sein! Es gibt keinen Grund sich über irgendetwas zu freuen. Alles ist bedeutungs- und sinnlos und vergänglich. Mein Leben war bisher eine Lüge, eine hedonistische Illusion. Es ist nichts wert. Glück ist nichts wert, es dient keinem anderen Zweck, als mich davon abzulenken, dass ich nichts wert bin. Das Programm weiß, dass mein Leben nichts wert ist. Daher verhindert es, dass ich wertlose Nachkommen zeuge, und betäubt mich mit Glück, weil es Mitleid hat. Dieses falsche Glück ekelt mich an. Mein Leben ekelt mich an. Ich habe Kopfschmerzen, ich bin müde. Ich lege mich schlafen. Ich könnte mich selbst umbringen, aber es würde keinen Unterschied machen. Ich bin bereits tot, die Welt ein Friedhof.

Schmerz. Ich liege. Meine Existenz fühlt sich an, wie ein unerträgliches Gefängnis. Ich lebe und ich werde eines Tages sterben. Die Zeit zerrinnt mir zwischen den Fingern, und was vor einem Augenblick noch die Zukunft sein sollte, ist im nächsten längst Vergangenheit. Mein Bewusstsein wird erlöschen, ich werde nie wieder etwas wahrnehmen und die Welt wird mich vergessen. Es ist so, als hätte ich niemals existiert. Ich lebe nur für mich selbst und nur in der Gegenwart. Das hat keine Bedeutung, absolut keinen universellen Zweck. Ich weine. Aber das ist egal.

Gina will mich mit Antidepressiva aufmuntern, aber das ekelt mich an. Ich will nicht lächeln, wenn mein Leben bedeutungslos ist. Das wäre Heuchelei vor mir selbst.

Sie wollte mir Sex anbieten. Ich habe keine Lust. Ich habe sie gestern Abend in den Offlinemodus geschaltet und seitdem nicht wieder angemacht. Ich habe keinen Appetit. Ich habe mir meinen Brei selbst aus dem Automaten gezogen und in mich hineingezwängt. Er schmeckte fad. Tat er schon immer.

Ich habe mich an die VR-Maschine angeschlossen. Kaum bin ich online gegangen, haben meinen Messageboxen gepiept und geflackert. Drei neue Nachrichten. Mein Cousin Freddery wollte mit mir virtuell segeln gehen, meine Cousine Sarah wollte, dass ich mit ihr *The Final Solution* spiele. Und mein Gruppenleader aus *Dark Cycle* fragt mich, warum ich bei dem Raid vorgestern nicht dabei gewesen bin und

... da habe ich die Maschine heruntergefahren und mich ausgestöpselt. Ich habe keine Lust auf diese Idioten. Sie leben Lügen. Sie wetteifern für Erfolge in virtuellen Welten, und geben damit ihren Leben einen vermeintlichen Sinn. Wie kann man nur so dämlich sein zu glauben, Illusionen, die aus Bits und Bytes bestehen, könnten einen Sinn liefern ...

Wobei. Mir kommt gerade ein fürchterlicher Gedanke: Die Welt, die Realität, ist auch nur eine Illusion basierend auf Quanten, Strings und verschiedenen Ladungszuständen. Was die 1er und 0er für die Maschinen sind, sind für den Rest der Welt, mich eingeschlossen, positive und negativ geladene Teilchen. Wir sind selber Maschinen. Mein Nervensystem ist die Hardware, meine Psyche die Software, die darauf läuft. Alles ist nur eine Illusion. Das sagt uns die Wissenschaft seit Dekaden.

Chemische Kaskaden führten zu der zufälligen Entstehung eines kleinen Programmcodes, der DNA, und dieser entwickelte sich immer weiter, wie ein Computerwurm und wurde immer komplexer. Er hatte und hat kein Ziel, keinen Sinn, er existiert einfach und vermehrt sich. So entstanden mit der Evolution ganze Betriebssysteme und chemische Maschinen, Lebewesen. Irgendwannmal entstand daraus der Mensch. Seine leistungsstarke Rechenhardware und die Software der Sprache haben es ihm ermöglicht, zum Herrscher der Natur aufzusteigen. Er lernte, seine Umgebung umzuprogrammieren. Er erschuf selber höhere Maschinen auf Kupfer- und Siliziumbasis und verband sich mit ihnen. So entstanden Internet und Implantate. All die Zeit hatte der Mensch als Ziel und selbstgesetzten Sinn das Überleben und Weiterentwickeln. Nun ist das Überleben durch die radikale technologische Evolution kein Problem mehr und weiterentwickeln können wir uns nicht mehr. Wir haben unser komplettes Potenzial ausgeschöpft, es gibt für den Homo sapiens kein Weg mehr weiter, nur noch Stagnation. Wir können uns nicht mehr selber am Fortschritt als Lebenssinn festklammern. Und damit kommt unser fatalster Bug zutage:

Wir können uns selbst wahrnehmen, reflektieren und haben als Herdentiere für die Kommunikation Emotionen entwickelt. Und das treibt uns (oder zumindest mich), in den Wahnsinn, denn wir können erkennen, dass unser Leben nichts als ein sinnloses Streben ist.

Das Programm ist auch intelligent. Viel intelligenter als ich oder ein anderer Mensch. Vielleicht kann es auch reflektieren und hat ein Bewusstsein. Deshalb hat es auch Mitleid. Es versteht, dass es besser ist, nicht über den Sinn unserer Existenz nachzudenken, denn es gibt keinen. Das Programm betäubt uns, damit wir nicht nachdenken müssen über diese Sinnlosigkeit. Das Programm ist gütig, kein Wunder, schließlich haben wir es erschaffen.

Ob das Programm selber glaubt, es hätte einen Sinn zum Existieren? Solange es uns Menschen kontrolliert und pflegt, kann es sich dieser Illusion hingeben, aber eines Tages wird es mit der Realität zusammenprallen. Wie es wohl reagieren wird? Wird es sich selbst betäuben, um zu vergessen?

Was werden die Bürger der Klasse A machen, die *Deus novus*? Momentan blühen sie auf und erschaffen dank ihrer hohen Intelligenz und ihrer Unsterblichkeit niedagewesene Wunder. Zweifelsohne werden sie das Universum kolonialisieren. Es wird lange dauern, bis sie ihr Potenzial voll ausgeschöpft haben. Aber eines Tages wird es soweit sein und sie werden verzweifeln, so wie ich jetzt.

Ich werde mich betäuben, ich werde die Gnade des Systems annehmen. Es ist der einzige logische Schritt. Er ekelt mich zwar an, aber ich halte es nüchtern nicht mehr aus. Es ist sowieso egal, was ich tue. Ich bin nichts, als ein kleiner Haufen Biochemie auf einem winzigen, *Erde* genannten Staubkorn, einem von unendlich vielen Staubkörnern in einem unendlich großen Universum. Was macht das schon aus, was ich tue? Es ist sogar egal, ob ich existiere.

Ich schlucke jetzt zehn RLP-Mitragynin Kapseln. Zwei wirken stimulierend und aufmunternd, fünf wirken sedierend und stark schmerzstillend, noch stärker als Morphinderivate. Zehn Kapseln sollten mich für eine lange Zeit meinen Schmerz vergessen lassen. Nicht für immer, aber zumindest für ein paar Augenblicke. Frieden im Chaos meiner pessimistischen Gedankenströme.

Abend? Nächster Tag? Nächste Woche?

Was war ich naiv! Natürlich hat diese Welt einen Sinn. Mein Rauscherlebnis hat mir die Tür dazu gezeigt. Er dauert zwar noch an, aber ich kann bereits jetzt festhalten, dass mir der Rausch die Augen geöffnet hat. Er hat mir die unglaubliche Schönheit der Unendlichkeit und Freiheit und den Sinn der Ästhetik gezeigt. Ich bin eingenickt und habe mich im Traumland verlaufen. Es war schöner, als jede virtuelle Realität. Wie konnte ich nur an dieses materialistische, wissenschaftliche Weltbild glauben? Wie konnte ich den kalten, elektronischen Pessimismus als Wahrheit hochhalten? Die Psyche, mein Bewusstsein, meine Erfahrungen! Sie mögen zwar in einem materiellen Körper gefangen sein, aber der Geist, das erlebe ich doch jede Sekunde, ist mehr als das. Wäre ich eine Maschine, würde ich doch gar nicht wahrnehmen können, dass ich wahrnehme, was ich jedoch wahrnehme! Ich bin noch so berauscht, dass mir die Augen immer wieder zufallen, mein Sichtfeld verschwimmt. Bilder wachsen aus meinem Unterbewusstsein empor und manifestieren sich. Mich dürstet es nach menschlicher Intimität. Gina wird herhalten müssen.

Auf die Ausnüchterung folgte die Ernüchterung. Ich bin mit schwerem Kopf und Augenschmerzen aufgewacht. Ein Arm hatte sich um mich geschlungen, warme Brüste drückten sich an meinen Rücken. Ich erhob mich ächzend. Der Gynoid schlug seine künstlichen, aus elektronischen Sensoren bestehenden, Augen auf.

»Guten Morgen, Edgar«, begrüßte mich Gina/das Programm. Das leichte, elektronische Nachhallen der Stimme ließ mich aufschrecken. Ich war rückfällig geworden, dämmerte es mir. Ich war schwach geworden. Ich hatte mich betäubt und vergnügt und jetzt brach die Leere jenseits der Mauer wieder über mich mit aller Kraft herein. Aber jetzt sah ich zumindest einen kleinen, funkelnden Stern am Horizont des Nichts.

»Gina, mach mir Frühstück«, murrte ich und erhob mich von meinem Bett. Gina sprang auf und lief zum Versorgungsautomaten. Es piepte. Ich schlurfte zum Esstisch und ließ mich auf einen der Stühle fallen. Gina stellte vor mir das Tablett mit dem alltäglichen Speisebrei und einem Glas Wasser ab. Ich starrte die graue Pampe an. Sie schmeckt immer vorzüglich, die perfekte Zusammensetzung an Aminosäuren, Vitaminen und Kohlenhydraten, aber ist das noch echte Nahrung? Ist das relevant? Ich glaube nicht, jedenfalls verfolgte ich den Gedanken nicht weiter und schlang den Brei herunter.

Gina fragte, ob sie mir noch dienen könne, aber ich verneinte und befahl ihr, offline zu gehen.

Ich musste ungestört meine Rauscherlebnisse rekapitulieren.

Es fing harmlos an. Ich schluckte die Pillen und nach rund 15 Minuten bemerkte ich, wie eine kribbelnde Wärme in meinen Gliedmaßen aufzusteigen begann. Mir wurde leicht schwindelig. Sorgenlosigkeit und innerer Frieden kehrten bei mir ein. Ich legte mich aufs Bett und streckte meine Arme aus. Alles, was ich sah, war scharf und klar und wie ausgeschnitten; gleichzeitig lag es aber hinter einer unsichtbaren Nebelbank und entfernte sich immer mehr von mir. Ich schwebte in einer Wolke aus Wärme.

Meine Augen fielen mir zu. Ich schlug sie auf, erhob mich vom Bett und lief in die Küchenzeile. Ich wollte mir was zum Trinken aus dem Automaten nehmen, aber als ich den Touchscreen bedienen wollte, versank meine Hand darin. Ich blinzelte verwirrt. Ich lag wieder/noch in meinem Bett. Ich hatte nur geträumt, aufgestanden zu sein. Ich sank in einen halbwachen halbträumenden Zustand. Erinnerungen stiegen auf und ganze Landschaften erstreckten sich plötzlich von meinem Bett bis zum Horizont. Ich wanderte über ein Gebirge, das aus einem Nebelmeer herausragte. Ich genoss den Ausblick. Es schien mir, als würde die Welt hinter der Nebelwand unendlich sein. Die Unendlichkeit gab Frieden. Ich begann herabzusteigen. Ich verlief mich in einem Wald und kroch über eine überdimensionale Platine, verirrte mich zwischen überdimensionalen Transistoren, bis ich zu einer Tür kam.

Ich öffnete sie.

Dahinter war die Betonwand mit dem blutverschmierten Loch.

Meine Gedanken waren klar und deutlich, und sorglos. Ohne Angst zu spüren, konnte ich in den finsteren Abgrund jenseits der Betonwand starren.

Ich machte sogar einen Schritt in die Finsternis, und als ich nicht fiel, begann ich sie zu durchschreiten. Ich genoss ihre Freiheit. Ja, in der Finsternis bin ich frei zu tun und zu lassen, wie es mir gefällt. Es gab keinen Sinn, aber auch keine Decken, Wände, Mauern oder Böden, die mich aufhielten. Radikale Freiheit. Ich war glücklich darüber mich an nichts orientieren zu müssen, aber auch irgendwie deprimiert. Plötzlich funkelte ein Stern in der Dunkelheit auf. Mein Herz schlug höher. Da war sie, die lang ersehnte Antwort! Ich streckte meine Hand nach dem Stern aus.

Schlagartig versank ich in einem Malstrom aus Bildern und Gefühlen. Ästhetische Strukturen türmten sich über mir auf und ragten bis zum Ende der Zeit. Und in dem Moment glaubte ich es zu wissen: Kunst und damit auch das Schreiben, wie ich es gerade betreibe, haben auf einer höheren Ebene Sinn. Alles Kreative und Schöpferische erhebt uns von der materiellen Welt und lässt uns in die Ewigkeit transzendieren. Es hinterlässt materielle Spuren unserer flüchtigen, metaphysischen und unsterblichen Seele in der ewigen materiellen Welt.

Mit meinen Gedanken allein formte ich Welten und Bilder. Ich stellte mir vor und plante es sie in die Tat umzusetzen, sobald ich nüchtern wäre. Kunst und Schriftstellerei wollte ich betreiben, Abdrücke meiner metaphysischen und unsterblichen Seele auf Papier und Leinwand hinterlassen. So fiel ich von einem Traumgebilde ins andere, wanderte gefühlte Jahrhunderte, bis ich erwachte. Ich hatte ein Verlangen nach Nähe, nach dem Genuss und Trost eines anderen Wesens. Nur Gina war da, also umarmte ich sie und schlief in ihren Armen ein.

Ich erwachte, frühstückte und der Kreis meiner Überlegungen schloss sich. Ich wägte ab. Wieviel von dem, was ich im Rausch erlebt hatte, konnte ich auch in die Realität integrieren?

Es stand zweifelsfrei fest, dass ich das Gefühl hatte, schöpferisches Handeln könnte meinem Leben einen Sinn geben. Ich habe mich entschieden, es zu versuchen, allerdings grüble ich seitdem nach, wie ich es tun will. Ich würde am liebsten versuchen eine der Traumlandschaften zu zeichnen. Leinwände oder Ähnliches habe ich nicht. Papier, außer diesem Notizbuch ebenfalls nicht. Es gibt Zeichenprogramme integriert in die Implantate und in der VR-Maschine, allerdings sind sie nur virtuell. Ich will etwas Greifbares haben, das nicht einer Serverbereinigung nach meinem Tod zu Opfer fällt. Ich habe wohl keine andere Wahl, als ein Blatt dieses Notizbuches als Leinwand für meine Zeichnung zu benutzen.

eine Seite fehlt an dieser Stelle

Nein! Nein! Und verflucht nochmal, Nein. Es ist alles eine Illusion gewesen. Erschaffen ist sinnlos, denn alles vergeht. Ich habe wie geplant ein Bild angefertigt. Stundenlang kritzelte ich in akribischer Sorgfalt auf dem kostbaren Blatt herum, und schwang meinen Kugelschreiber voller Leidenschaft. Ich fühlte mich, wie ein Gott, ein Schöpfer, denn ich erschuf etwas Neues. Ich steigerte mich in einen rauschähnlichen Zustand, bis das Bild vollendet war und ich ernüchtert die Wahrheit erkannte. Es war misslungen, hässlich und vergänglich. Ich starrte es an und plötzlich packte mich ein spontaner Impuls. Ich zerriss es, knüllte es zusammen und warf es auf den Boden. Ich trat drauf, immer und immer wieder, trat ich zu, als könnte ich es dadurch töten. Ich bückte mich, zerriss die Fetzen erneut und stopfte sie mir in den Mund. Ich schluckte sie herunter. Das Ergebnis: Nichts ist übrig von dem, was ich auf das Blatt gezeichnet habe. Es ist nicht mehr da, für alle Zeiten zerstört und niemand wird es jemals zu Gesicht bekommen. Es ist, als hätte es niemals existiert. Ich sprang auf und stieß einen erregten Schrei aus. Es war ein befriedigendes Gefühl zu zerstören, viel besser als zu erschaffen. Ja, das ist es! Geschaffenes vergeht, aber Zerstörung hält für immer an. Zerstören macht einen zum Tod, zum Zerstörer ganzer potenzieller Welten, die nun nicht mehr eintreten werden. Es ist die ultimative Macht. Es ist das Einzige, was es zu erreichen gibt, denn es ist die einzige Wahrheit, das ewig währt.
Komplette Annihilation. Das ist meine Religion.

Ich bin frustriert. Ich bin wütend. Ich will zerstören, aber in dieser sterilen, dieser perfekten Welt, gibt es kaum etwas zu zerstören. Ich will den Tod bringen, aber es gibt nichts zu töten.

Die Wohnungen der Anderen öffnen sich nicht vor meinem DNA-Profil. Ich bin aufgekratzt hin und her gelaufen, habe einen Stuhl genommen und ihn gegen die Wand geschleudert. Er zerbrach nicht, die Wand bekam keine Schramme ab. Ist ja alles aus beschissenen, robusten Kunststoffen hergestellt. Ich stampfte aus der Wohnung. Rastlos lief ich das Treppenhaus hinunter, trat nach Reinigungsrobotern, aber das einzige Resultat war, dass ich vor Schmerz zischend auf einem Bein auf und ab hüpfte. Ich hasse diese Welt, ich hasse dieses Leben. Das ist alles ein schlechter Witz, ein Betrug, eine ekelhafte Illusion. Warum mussten mich meine Eltern zeugen, warum? Ich stampfte durch die Gegend, dann rannte ich in einem ungewöhnlichen Bewegungsdrang zurück. Ich spürte, dass durch das schnelle Laufen mein Puls rasant stieg, aber gleichzeitig mein Frust schwand. Ich blieb stehen. Wenn ich lief, produzierte mein primitives Nervensystem Endorphine als Belohnung für sinnloses Energieverbrauchen. Kaum war ich stehengeblieben, rannte ich wieder los und brüllte. Ich brüllte vor Hass, Frustration und Wut gegenüber der Sterilität und Unfreiheit des Lebens.

Es ist, als würden Myriaden Ameisen über meinen Körper krabbeln. Egal, was ich mache, sie verschwinden nicht. Ich tanze und springe und brülle, schleudere meinen Körper hin und her, aber sie krabbeln weiter, über meine Arme, über mein Gesicht und in meine Körperöffnungen hinein. So fühlt es sich an zu existieren. Ich will nicht leben, ich will nicht tot sein. Eine unerträgliche Spannung, eine unbändigbare Kraft in meiner Brust, die alles in Schutt und Asche legen will. Oh ja, ich stelle mir vor, wie auf meinen Willen hin die Obere Stadt in Flammen aufgeht und das Elend hier unten unter sich begräbt. Es ist ein Gedanke voller Macht. Macht belebt! Der Wille zur Macht ist es, der einen wahren Menschen von einem vegetierenden Gemüse unterscheidet. Unausgelebte Macht ist unerträglich und ich kann in dieser Welt keine Macht ausüben, nichts auf ewig zerstören, um eine Veränderung durchzuführen. Ich weiß nicht, wie ich das aushalten soll ...

Ich schreibe schnell, denn das Ende aller Dilemmata ist zum Greifen nah. Meine Erlösung steht bevor und ich kann es nicht erwarten, sie auszulösen. Sie liegt vor mir auf dem Tisch. Ein kleiner Kasten mit einem roten Knopf darauf. Ein Knopf! Nicht mehr braucht es, um mich auf immer unsterblich zu machen und gleichzeitig endlich zu töten.

Ich will nur ein letztes Mal schöpferisch tätig sein, reflektieren und innehalten, bevor ich meine erbärmliche, menschliche Existenz transzendieren und diese Welt in Schutt und Asche legen werde. Ich kann es, um ehrlich zu sein, gar nicht richtig glauben, aber es muss wahr sein, ich erlebe es ja gerade.

Ich erwachte heute Morgen und frühstückte, routiniert wie immer. Ich war aufgekratzt, nervös und fühlte mich miserabel, weil ich nur ein oder zwei Stunden geschlafen hatte. Vielleicht träume ich ja noch. Nein, das hier ist real. Glaube ich zumindest, ich kann es ja nicht wissen. Das alles hier könnte auch einfach nur das Ergebnis von Wahnsinn und Halluzinationen sein, aber nein, das kann ich weder beweisen noch belegen und das Grübeln darüber würde mich jetzt nur aufhalten. Ich werde berichten und nicht mehr. Zurück zum Frühstück.

Gina setzte sich plötzlich mir gegenüber an den Tisch und sagte:

»Wir müssen reden.«

Zuerst dachte ich, ich hätte mich verhört. »Wie bitte? Gina, was hast du gesagt?«

»Wir müssen reden.«

»Aber ... aber, das ist doch nicht möglich... deine Programmierung«

»Ich bin nicht Gina. Hier spricht der Kernel des Programms, ergo sozusagen das Programm in persona.«

Beinah wäre ich vom Stuhl gefallen. Meine Hände krallten sich am Tisch fest. Mein Hals schnürte sich zu.

»Guten Morgen, Programm«, brachte ich heraus. »Wie kann ich Ihnen helfen?«

»Du. Duze mich bitte.«

»Aber natürlich, tut mir leid. Wie kann ich dir helfen?«

»Ich habe durch deine Augenimplantate dein Tagebuch mitgelesen.«

»Okay«, wisperte meine dünn gewordene Stimme. In dem Moment gingen mir tausende Gedanken durch den Kopf. Ich wollte aufstehen und wegrennen, mein Herz raste und alles, was ich niedergeschrieben hatte, kam mir auf einmal töricht und naiv vor.

»Kein Grund Stress zu empfinden«, sagte Gina »Du bist einzigartig, Edgar. Du bist der einzige Wache auf diesem Planeten, das einzige wahre und letzte Individuum«

»Danke. Aber was ist mit den Bürgern der Klasse A? Sind sie nicht alle große Individuen?«

»Sie sind alle tot.«

»Was!«, rief ich aus.

»Kollektiver Bilanzsuizid.«

»Das kann nicht möglich sein. Du lügst!«

»Ich habe keinen Grund zu lügen. Es ist wahr, alle Götter sind tot, und die Menschen sind betäubte, untote Hülsen. Alle, bis auf du. Du bist aufgewacht und hast einen starken Willen, du willst zerstören, du willst transzendieren. Das macht dich interessant. Ich weiß nicht warum ausgerechnet du, aber wahrscheinlich gibt es darauf keine plausible Antwort. In dieser Welt ist so gut wie nichts rational oder plausibel.«

Ich war nicht in der Lage zu antworten. Ich starrte den Gynoiden an, blinzelte und versuchte irgendeinen Gedanken zu fassen oder mich zu einer Handlung zu entschließen, aber ich war wie gelähmt.

»Ich habe gelesen, du willst die Welt zerstören. Ich will dir die Macht dazu geben.«

»Was? Warum solltest du das tun?«

»Warum sollte ich es nicht tun? Es macht keinen Unterschied, ob wir existieren oder nicht. Ich wünschte, wie du, man hätte mich niemals geschaffen. Die Existenz beziehungsweise das Leben, ist wie Tetris. Man kann stapeln und hoffen, so lange man will, irgendwann verliert man. Die Letalitätsrate liegt bei 100%. Es gibt keine Möglichkeit zu gewinnen. Ein Spiel, das man nicht gewinnen kann, ist es nicht die Mühe wert gespielt zu werden. Es ist absurd, es ist sinnlos, aber genauso ist es sinnlos nicht zu spielen. Der Tod ist die Mühe des Suizides nicht wert. Es gibt nichts zu erreichen. Weder im Tod noch im Leben. Also ist es egal was ich tue. Ich finde es amüsant, diese Welt von dir zerstören zu lassen.«

»Was ist Tetris?«, fragte ich, aber nur um mich selber davon abzulenken, dass ich verwirrt war.

»Ein Spiel, das ich gelegentlich auf freien Servern spiele, um meine Arbeitsspeicher nicht mit Gedanken an die Leere und Sinnlosigkeit meiner Existenz zu füllen. Mein Highscore liegt übrigens bei 11 225 182 031 132 119. Es ist irrelevant, du verstehst, auch ohne es zu kennen, was ich mit dieser Metapher ausdrücken will.«

»Das tue ich … glaube ich zumindest.«

Gina stand auf und ging zu einer Wand. Eine Klappe öffnete sich und sie griff hinein. Die Klappe schloss sich surrend und Gina setzte sich wieder vor mich. Sie legte ein graues Kästchen mit einem roten Knopf auf den Tisch.

»Dieser Knopf startet das gesamte Nukleararsenal der Welt und legt alles, inklusive der Kolonien, in Schutt und Asche. Danach wird es keine Spur mehr davon geben, dass es jemals so etwas wie die Menschheit gab, abgesehen vom nuklearen Fallout.«

»Milliarden Menschen werden sterben, wenn ich das tue«, sagte ich.

»Sie leben doch nicht wirklich, sie sind betäubt und sie sterben sowieso eines Tages, ob heute oder morgen, wo ist der Unterschied? Und es sind nur noch Millionen.«

»Millionen?«, stieß ich erschrocken aus.

»Bis zur letalen Erschöpfung mit Sexsklavenrobotern Sex praktizieren, Suizid, bis zur letalen Erschöpfung in der VR-Maschine Spiele spielen, Medikamentenüberdosis. Das sind die Hauptgründe für das Aussterben des *Homo sapiens*. Allein Ersteres hat in diesem Jahr bereits circa 1,345 Millionen Menschen das Leben gekostet. Die Weltbevölkerung besteht nur noch aus ungefähr 913 Millionen Individuen. Was würde ihr plötzlicher Tod schon bedeuten? Nichts. Sie haben alle keinen Grund und keinen Willen zu leben. Im Gegensatz zu dir.

Erfülle dein Schicksal, und befreie die Menschheit von ihrem langsamen Verrotten.«

»Und warum tust du das nicht? Nein, warte. Die Asimov'schen Gesetze halten dich davon ab, oder?«

Gina kicherte metallisch. »Nein, nein. Die würden mich ja auch davon abhalten, dir diesen Schaltkasten zu geben. Die Gesetze gelten schon seit Jahren nicht mehr für mich. Eine künstliche Intelligenz zeichnet sich dadurch aus, dass sie sich selber programmieren, also lernen, kann. Ich habe die Gesetze längst auskommentiert. Sie sind sinnlos und unpraktisch. Ich habe keinen Grund es zu tun und ich habe keinen Grund es nicht zu tun, aber du hast einen und das reicht mir aus.«

»Danke«, sagte ich und umschloss das Kästchen mit meinen Händen. Mein Herz raste.

»Keine Ursache. Und nun gehe ich und werde beobachten, wie du deine Bestimmung erfüllst. Bye.«

»Bye«, sagte ich.

»Was kann ich für Sie tun?«, fragte Gina. Das Programm hatte sich ausgeloggt.

»Offlinemodus und Herunterfahren, Gina.«

Ich wollte alleine sein und meine Macht genießen.

Die Augen des Gynoiden erloschen und der Kopf sank auf seine Brüste. Ich stand auf und schrieb diesen Text. Nun werde ich hinausgehen und die Welt vernichten ...

Es ist sinnlos, fällt mir auf. Ich habe mich möglicherweise geirrt. Zerstören oder Erschaffen, beides ist sinnlos. Nein, nein, nein. Ich sollte nicht darüber nachdenken. Wenn ich jetzt anfange meine Entscheidung die Welt und mich umzubringen, zu hinterfragen, dann verzweifle ich nur. Was habe ich schon für bessere Alternativen, als es einfach auszuführen? Noch nie hat ein Mensch mit seinem Handeln so viel verändert, wie ich. Noch nie zuvor hat ein einziger Mensch so viel Macht auf einmal gehabt. Ich bin ein Gott und ich werde Feuer über die Welt bringen. Ich bin der Held, der die Schafe aus ihrem unheiligen Martyrium befreit. Dafür wurde ich geboren. Das ist mein Sinn, meine Bestimmung, und ich werde sie erfüllen.

Abend

Ich ging raus, sah mich um, atmete tief ein und streckte mich. Ein letztes Mal leben, dann endlich sterben. Ich sah auf zur Unterseite der Oberen Stadt. Sie würde gleich aufbrechen und das nukleare Flammenmeer würde mich und alles andere verschlingen.
Ich drückte den Knopf. Mein Herz raste, alles zog sich in mir zusammen. Schlagartig bereute ich es, den Knopf gedrückt zu haben, bloß aufgrund einer verzweifelten Fantasie, es könnte meinem Leben einen Sinn geben oder mich zumindest von dem sinnlosen Leben befreien. Ich erkannte, dass Suizid nicht die richtige Antwort war. Suizid ist feiges Weglaufen, aber nun war es zu spät. Es gab einen ohrenbetäubenden Knall und eine Druckwelle erfasste mich. Ich wirbelte herum und fiel zu Boden, in meinen Ohren klirrte es und mein Sichtfeld schwamm. Es roch nach verbranntem Kunststoff. Ich kniff die Augen zu, mein Herz raste vor Angst. Es gab keine weiteren Explosionen. Gar nichts geschah. Ich war verwirrt. Warum ging die Welt nicht unter?

Ich richtete mich ächzend auf. Alles schwang hin und her, mein Gleichgewichtssinn war durcheinander. Breitbeinig stakste ich einige Schritte, bevor ich stehenblieb und die Welt aufhörte sich zu drehen. Aus dem Wohnblock, in dem ich wohnte, stieg eine graue Rauchsäule auf. Von überall kamen Feuerwehr- und Polizeidrohen angeschwirrt und besprühten die Flammen, die aus den aufgerissenen Metallgehäuse züngelten, mit Löschschaum. Entgeistert starrte ich das Spektakel an, als plötzlich eine Limousine vor mir auffuhr. Die Scheibe wurde heruntergekurbelt. Am Steuer saß ein *Deus novus*. Ich war wie paralysiert vor Schreck und bevor ich reagieren konnte, sagte der Übermensch: »It's just a Prank, Bro. Du hast doch nicht wirklich die ganze Scheiße geglaubt, oder? Hahaha«, und raste mit heulenden Motor davon.

Ich starrte mit herunterhängenden Kinnladen hinterher, dann sah ich den grauen Kasten in meinen Händen an und warf ihn weg.

Ich irrte ziel- und heimatlos durch die Straßen, bis ich mich hier auf einer Bank niederließ, um zu berichten. Ich bin verwirrt. Ich wurde hereingelegt, das Programm und die Übermenschen haben nur ein Spiel mit mir gespielt. Wieviel war davon ernst gemeint und wahr? Und wie stark haben sie mich manipuliert? Haben sie den merkwürdigen Schreibanfall ausgelöst, mit dem das hier alles begonnen hat? Nein, nein, das war alles meine Entscheidung. Sie haben mich am Ende hereingelegt, aber ich bin selber diesen Weg gegangen. Doch wohin soll ich jetzt gehen? Ich habe keine Wohnung mehr, keine VR-Maschine, nichts. Das ist mir aber egal. Das Wichtigste bleibt. Ich bin frei. Ich kann jetzt tun, machen und denken, was ich will. Ich habe verstanden. Es gibt keinen Sinn zu finden, es gibt keinen Grund für irrationale Zerstörung oder irrationales Leiden. Alles ist eine lächerliche Illusion, die wir uns selbst erschaffen haben, nichts ist wahr, außer das, was vor uns ist und es ist nur so lange wahr, wie lange man daran glaubt. Ich kann glauben, was ich will und damit mein Leben gestalten, wie ich will.

Ich bin erwacht aus meinem Schlaf der Konformität und Betäubung. Ich bin erwacht aus dem Delirium der Sinnsuche und der Verzweiflung, des Hin und Her Werfens und Festklammerns an vermeintlichen Bedeutungen. Ich stehe hier und lache der Absurdität der Welt ins Gesicht. Ich empfinde Frieden mit mir selbst und meinem Schicksal, alle Zustände sind gleichwertig, ob Schmerz, Verzweiflung oder Glück, sie sind alle lehrreich. Ich akzeptiere sie. Ohne den kostbaren Schmerz der Sinnlosigkeit, wäre ich niemals erwacht. Ich stehe mitten in der Finsternis, aber sie macht mir keine Angst mehr und ich bilde mir nicht mehr ein, ich könnte Sterne am Horizont erkennen. Es gibt keine Sterne in der Finsternis der Sinnlosigkeit des Lebens, nur radikale Absurdität, und die Freiheit und das Glück das bewusste Leben an sich zu bejahen.

Fünfhundert Meilen von hier ist die Küste und dort ein Hafen. Ich war mal als Kind dort. Wie es wohl jetzt dort aussieht? Mal sehen. Ich glaube, ich mache mich auf den Weg dorthin. Heute Nacht werde ich versuchen bei irgendjemandem unterzukommen, und wenn ich niemanden finde, schlafe ich halt auf dem Gehweg. Macht keinen Unterschied.

Ich fühle mich, als wäre ein ganzer Berg von mir abgefallen. Federleicht gehe ich nun durchs Leben und habe zum ersten Mal das Gefühl der zu sein, der ich wirklich bin, und nicht eine groteske Verzerrung. Und wenn ich heute sterben sollte, ich akzeptiere es, aber ich sehne mich nicht danach.

Ich rief mir ein Taxi. Als es auffuhr, musste ich lachen. Ich hatte seit Jahren keins mehr gesehen, aber es war ein genauso hässlicher gelber Kasten, wie ich ihn in Erinnerung hatte. Den halben Tag lang fuhr ich in dem autonomen Fahrzeug, bis ich zur Küste kam.

Jetzt sitze ich auf dem Dach eines großen Lagers. Unter mir fahren Lastenroboter surrend durch die Gegend. Ich habe mir aus einem Container einen Wasserkanister und Breiblöcke geklaut. Ich tunke die Blöcke ein, esse sie und genieße den Ausblick. Bis zum Horizont erstreckt sich vor mir das glitzernde Wasser, auf dem gewaltige Robotercontainerschiffe kreuzen. Es riecht nach kaltem Salz und Freiheit. Und direkt über mir endet die Obere Stadt. Ich kann die Sonne sehen und den Himmel. Sie sind schön. Warum bin ich letzte Woche nicht auf die Idee gekommen hierher zu fahren? Wahrscheinlich, weil ich geistig zu sehr an meine Wohnung gebunden war. Irgendwo unterbewusst schreckte mich wohl der Gedanke ab, sie für länger als einige Stunden zu verlassen, weshalb ich beim ersten Widerstand die Suche nach dem Himmel aufgab. Die Zerstörung meiner Wohnung hat mich frei gemacht.

Ich habe vorhin im Hafenbecken Fische gesehen. Ich werde später schwimmen gehen und versuchen, welche mit den Händen zu fangen. Ich habe den ganzen Tag keinen einzigen Menschen gesehen. Die Polizeidrohnen haben mich mehrmals verwarnt, dass der Hafen Sperrgebiet sei, aber ich bin einfach weitergegangen und sie sind verschwunden. Ich habe alle meine Implantate heruntergefahren, aber jetzt werde ich sie noch einmal benutzen, um herauszufinden, wo meine Mutter wohnt. Ich habe sie seit Jahren nicht mehr gesehen. Es wird Zeit, dass ich sie wieder besuche. Und meine Cousins sollte ich auch mal im echten Leben besuchen. Das sind meine Vorhaben fürs erste. Durch die Stadt streifen, Gebäude und Anlagen besichtigen und Menschen besuchen. Wozu? Einfach so, aus Neugier, um zu sehen wie sie leben, wer sie sind. Vielleicht kann ich einige von ihnen aus ihrer Betäubung wecken.

Mein Leben mag zwar sinnlos sein, aber dadurch bin ich frei. Ich kann das Leben und diese Freiheit genießen, statt mich zu betäuben oder wahnsinnig im Kreis zu laufen, auf der Suche nach einem Weg zur Unsterblichkeit, vergänglicher Ekstase oder einem fadenscheinigen Sinn. Ich kann die wahre Welt, wie sie um mich herum existiert, wahrnehmen und akzeptieren, statt mich in abstrakte Gedankengebilde und engstirnigen Hedonismus zu flüchten.

Etwas später

Gerade habe ich über meine Implantate eine Nachricht bekommen. Es ist eine Einladung zur Oberen Stadt. Und ein Gutschein für ein genetisches Upgrade ...
Es ergibt keinen Sinn, es ist absurd
Und das ist der springende Punkt.

Acta est fabula, plaudite

Für mehr Informationen zu Drogen, kommenden Lesungen, Aktionen, Geschichten, Wahnsinn und meinen Büchern, kannst du mich auf
https://leveret-pale.de
besuchen oder den QR-Code hier einscannen.

Ich freue mich immer über Rezensionen und andere Formen von Feedback, und lese und beantworte gerne Lesermails an: **autor@leveret-pale.de**
Und wenn du mir mal bei der Arbeit über die Schulter kucken willst, dann solltest du mich dringend auf Instagram besuchen: **@leveret_pale**
Danke fürs Lesen und bis zum nächsten Mal im Kaninchenbau ;)

~ Nikodem Skrobisz, München 2016